Un duel,
un duo

COLLECTION
PAPILLON

Un duel,
Un duo

roman

Lorraine Pilon

ÉDITIONS PIERRE TISSEYRE
5757, rue Cypihot — Saint-Laurent, Qc, H4S 1X4

Données de catalogage avant publication (Canada)

Pilon, Lorraine

Un duel, un duo

(Collection Papillon).
Pour enfants de 8 à 10 ans

ISBN 2-89051-367-X

I. Titre. II. Collection : Collection Papillon (Éditions
P. Tisseyre)

PS8581.146D83 1989 jC843'.54 C89-096127-9
PS9581.146D83 1989
PZ23.M54Du 1989

Dépôt légal : 2e trimestre 1989
Bibliothèque nationale du Canada
Bibliothèque nationale du Québec

Illustration de la couverture
et illustrations intérieures :
Élisabeth Eudes-Pascal

3456789 IML 987654

À mes amours, Catherine et Maude

Et un clin d'œil à Maxime...

1
Le grand ménage

J'aurai douze ans samedi prochain. J'ai hâte et je n'ai pas hâte.

J'ai hâte, parce que maman organise une grande fête à laquelle elle a invité toutes les filles de ma classe. Ça m'excite. Il y aura des jeux, un buffet, un gros gâteau. Je sais aussi que mes amies vont m'apporter chacune un petit cadeau. Elles m'aiment bien; moi aussi je les aime. Et puis il y aura de la musique. On pourra danser si on veut. Oh oui, pour ça, j'ai hâte.

Mais, en même temps, je n'ai pas hâte. Parce que Zoé Lanvin y sera. Et Zoé Lanvin, c'est mon ennemie. Mon ennemie jurée.

En plus d'être dans ma classe, Zoé Lanvin est la fille d'une amie de ma mère. Je dois me soumettre aux «règles du jeu», comme dit maman.

En fait, je ne sais pas comment ça a débuté la guerre entre Zoé Lanvin et moi. Ni depuis quand. Mais il me semble que c'est depuis toujours. Je me souviens qu'à la maternelle, elle avait brisé l'œuf de Pâques que j'avais colorié de jolies fleurs roses et bleues. La méchante... Il faut dire que son œuf à elle était très laid.

Un jour, en deuxième année, j'avais été obligée de porter les bottes de pluie de mon grand frère; les miennes étaient percées. Zoé s'était moquée de moi devant toute la classe. Oh! que j'étais humiliée. Ce soir-là, j'étais rentrée à la maison en pleurant. Papa m'avait questionnée. J'étais si fâchée que j'avais jeté les bottes de mon frère dans l'escalier du sous-sol. Puis, j'avais tout raconté. Pour me consoler, papa m'avait emmenée au magasin et m'avait acheté une paire de belles bottes rouges. Ça m'avait donné du courage.

Le lendemain, j'étais donc partie pour l'école toute contente d'étrenner mes bottes.

J'avais tellement hâte que Zoé les voie et les trouve belles. Pour mon malheur, le soleil était radieux ce jour-là. J'étais la seule à porter des bottes de pluie. Je n'ai pas besoin de dire que Zoé Lanvin s'était encore moquée de moi en me demandant, très fort :

— As-tu peur d'attraper un coup de soleil sur les jambes?

Là, c'était trop. Je lui avais donné un coup de pied sur les mollets. Ça lui avait cloué le bec, c'est moi qui vous le dis. Elle avait su à qui elle avait affaire. J'ai eu la paix un bout de temps.

Mais aujourd'hui encore, il n'y a pas de paix entre nous deux. Nous sommes toujours comme chien et chat. Elle m'épie à l'école; elle me jette des regards foudroyants quand j'ai la bonne réponse. Si je porte un nouveau chandail, c'est sûr que le lendemain elle en a un aussi, encore plus beau que le mien.

Tiens, le jour où j'ai distribué les invitations pour ma fête d'anniversaire, elle s'est mise à chuchoter avec des filles dans la cour d'école et à rire fort avec elles. Juste pour m'agacer, pour gâcher ma joie. Elle m'énerve, elle m'énerve! J'enrage à la pensée qu'elle va goûter à mon gâteau.

J'ai bien réfléchi à tout ça cette semaine. Et je pense avoir trouvé une solution : samedi prochain, pendant la fête, je vais l'ignorer. Agir comme si elle était invisible. Je vais m'amuser avec mes amies, comme ça je l'oublierai. Et tant pis pour elle. Ce n'est pas sa fête après tout, c'est la mienne.

Des fois ça m'embête d'avoir une ennemie jurée. Car, bien sûr, j'y pense souvent, trop souvent à mon goût.

— Frédérique, ma chouette, es-tu dans la lune? J'ai besoin de toi pour préparer la maison pour samedi.

— Oui, oui, maman, j'arrive.

— À quoi pensais-tu ma grande?

— Justement à samedi. J'ai hâte, mais ça m'énerve un peu.

— Tu vas voir, ce sera amusant. Pour l'instant, il faudrait que tu fasses le ménage de ta chambre. À fond. As-tu compris?

— Ouais! J'y vais.

Le ménage de ma chambre. Ça fait long-temps que je ne l'ai pas fait. Je déteste ça. Et puis, c'est toujours à recommencer. Aussitôt que tu bouges, que tu entreprends quelque chose, tu déplaces, tu encombres. C'est évident, quoi! Puis le linge qui traîne partout...

Bon, allons-y! Les blouses, les panta-lons, les souliers, bottes, pantoufles, tout y passe. Cahiers, crayons, livres, à l'ordre, s'il vous plaît. Chiffons, faites reluire cette glace et ces meubles poussiéreux...

C'est drôle, ça me rend joyeuse de faire mon ménage. C'est dur à attaquer mais, plus j'avance dans mon travail, plus je suis gaie. Ça me fait même chanter!

○

Le grand ménage est terminé. Comme ma chambre est belle! Je prends mon journal intime dans le premier tiroir et je m'assois à ma table de travail. Je vais écrire un peu, comme je le fais deux ou trois fois par semaine. Mon journal, c'est mon meilleur ami. Je lui dis tout ce que je fais, tout ce que je pense, ce que j'aime, ce que je déteste. Lui seul sait combien j'aime ma famille, mon professeur, mes amies. Lui seul sait combien je déteste Zoé Lanvin. Mais surtout, c'est à lui que j'ai confié mon plus grand secret: j'aime Nicolas Sébastien.

Je parle très peu à Nicolas. Il me gêne. C'est un garçon de sixième année aussi, mais il est dans l'autre classe. On se voit tous les matins et tous les soirs, et le midi aussi.

Une fois, durant les olympiades, on a été dans la même équipe de course à relais. Nous étions arrivés les premiers. Moi, en tout cas, j'avais des ailes pendant cette course. J'avais tout donné. Nous étions très heureux d'avoir gagné la médaille d'or.

C'est comme ça, moi. L'amour me donne des ailes. J'aime Nicolas et quand je le vois, je vole. Je deviens Supergirl. Je deviens la Femme-Araignée. Je deviens... toute rouge! Ça, je l'ai écrit dans mon journal. Et bien d'autres choses aussi. Comme mes rêves, mes souvenirs de voyages et tout ce qui se passe dans ma vie.

14

Bon! il est tard. Il ne me reste plus qu'à prendre un bon bain et à me coucher. Demain, à l'école, c'est le débat oratoire. Une espèce de combat de mots et d'idées. En tout cas, c'est comme ça que le professeur a présenté la chose. Hélène nous expliquera tout en détail demain. Je dois bien dormir pour être en pleine forme.

À nous deux, Zoé Lanvin. À demain!

2
Un à zéro

Hélène nous a expliqué en quoi consistait le débat oratoire: un groupe trouvera des raisons d'être «pour» les jeux vidéo de guerre, et l'autre groupe, des raisons d'être «contre». Ensuite on a transporté nos pupitres aux deux coins opposés de la classe.

Moi, je suis assise près des fenêtres en avant, dans le clan du «contre». Mes meilleures amies, Marie-Soleil et Marianne, sont avec moi. Je suis très contente.

Zoé Lanvin est là-bas, au fond, près du grand tableau vert, dans le clan du «pour». Et c'est très bien comme ça. Je n'aurais pas pu travailler avec elle, je la déteste trop.

C'est curieux: je suis contre les jeux vidéo de guerre, mais en guerre avec elle... Et puis non, ce n'est pas moi qui ai commencé. C'est elle. Moi, ce n'est pas pareil, je me défends. Dès que je la vois, je deviens agressive!

Marie-Soleil écrit sur une feuille les raisons pour lesquelles nous sommes contre ces jeux de guerre. Elle écrit les mots clés seulement. C'est Nadia qui parle la première.

— Moi, je suis contre la guerre en général. Alors c'est normal que je sois contre les jeux vidéo de guerre.

— Moi aussi je suis contre les jeux de guerre, enchaîne Maxime. Je suis contre la violence en général.

Les mains sur les hanches, Catherine répond en s'avançant un peu:

— Chez nous, on a un ordinateur et je peux vous dire que les jeux de guerre ne sont pas très violents. C'est juste des petits dessins. Des petits avions, des petits bateaux, qu'on doit attraper.

— Bien, alors, pourquoi es-tu ici? demande Marianne. Tu devrais être dans l'autre groupe.

18

— Non, non, je suis contre ces jeux. Vous devriez voir mes frères et leurs amis quand ils jouent à la guerre sur l'ordinateur. Ils se mettent à crier, à hurler. Ils deviennent des monstres, et ça m'énerve!

Marie-Soleil nous demande quel mot clé elle doit écrire. Alexandre répond: «Capotant»! Assis sur le bout de sa chaise, il ajoute:

— Moi, je l'avoue, quand je pousse le bouton pour abattre un avion de guerre sur l'écran, ça m'excite. J'aime ça. Je suis habile. Et c'est justement ça qui est fou...

— Oui, renchérit Maxime. On devient tellement habile qu'on veut acheter d'autres jeux, puis d'autres, encore plus guerriers. C'est tellement captivant qu'on jouerait rien qu'à ça, à la guerre.

Je me souviens tout à coup de mes vacances, l'été dernier à Wildwood. Nous étions sur la Promenade, mes parents et moi, arrêtés devant une *arcade* de jeux vidéo. Je raconte alors ce souvenir au groupe:

— ...puis j'ai vu des grands gars qui mitraillaient l'écran. Il y en avait qui donnaient des coups de pied dans la machine.

Catherine m'interrompt:

— Ils étaient violents, dis donc!

Je continue:

— J'ai vu dans l'écran des vraies couleurs: du rouge pour le sang, pour le feu. On aurait dit que c'était la réalité.

Après un silence, Maxime dit:

— J'aime mieux les jeux vidéo de logique, de réflexes, comme mon jeu de Moby Dick. Il faut prévoir les mouvements. Ça, c'est drôle.

— Ou encore les Jeux Olympiques, où il faut éviter les piquets sur la piste de slalom...

— Ou le jeu du Labyrinthe d'où on doit sortir par habileté et déduction...

— Ou le jeu...

— Ne parlez pas si vite, je ne peux plus écrire, dit Marie-Soleil, tout essoufflée.

Je lève la tête et j'aperçois Hélène, qui nous écoutait. Elle dit en souriant:

— Ça va bien ici, dites donc. Avez-vous trouvé plusieurs arguments?

Marie-Soleil relit les mots clés: peur de la violence, peur d'aimer trop ça, de s'habituer à la guerre sans s'en rendre compte...

Notre prof approuve en hochant la tête.

— C'est excellent, ça! Vous avez très bien cerné le problème. Vos arguments sont bons, très bons. Bravo! Maintenant, il vous faut nommer une personne qui défendra votre opinion face à l'autre groupe. À tantôt.

Et elle se dirige vers les autres élèves.

— Ouais... Qui d'entre nous ira défendre notre «contre»?

Tout le monde parle en même temps. Je propose Alexandre, mais il ne veut pas. Nadia est trop gênée. Marie-Soleil aime bien écrire, mais parler... il n'en est pas question. Marianne dit que c'est moi la meilleure pour ça. Alexandre et Maxime le pensent aussi. Bon, ça y est. Tout le monde me demande d'accepter. Au fond, ça me tente. J'ai le goût d'essayer. Je trouve la guerre tellement dégueulasse... ça va aller tout seul. Je dis oui. On m'applaudit.

Tiens, on tape des mains dans l'autre groupe aussi. Ah! non, on applaudit Zoé Lanvin. Ce n'est pas vrai! La peste, c'est avec elle que je ferai le débat. Eh bien, tant pis pour elle. Je vais affaiblir ses arguments, un par un. Et je vais gagner!

Tout se passe très vite maintenant. Les élèves replacent les pupitres en rangs. Zoé et moi, nous sommes face à face, en avant de la classe. Je serre ma feuille de mots clés très fort. Mon cœur bat un peu vite.

— Alors Zoé, dit le professeur, pour quelles raisons êtes-vous d'accord avec les jeux vidéo de guerre?

Zoé regarde ses notes. Elle dit que les élèves de son groupe pensent que les jeux vidéo de guerre perfectionnent nos habiletés, développent nos réflexes et nous aident à nous défouler. Ils sont même passionnants. On peut aussi comparer ses points avec ceux de ses amis et chercher à s'améliorer.

Hélène m'invite à répondre avec mes arguments. Alors, je lis les mots et je les explique tous, l'un après l'autre. Je termine avec l'excitation, l'incitation à la violence.

Zoé me regarde avec des grands yeux. J'ai l'impression qu'elle ne sait plus quoi dire. Je suis fière de moi. Je regarde mes deux amies.

Elles me font des clins d'œil. Mais Zoé me répond :

— Voyons donc, ce sont des jeux, des dessins ! Ce n'est même pas vrai.

Je n'ai pas prévu de réponse à ça. Je me sens bouillir en dedans. Vite je pense, je pense vite... J'ai trouvé ! Alors, je la regarde dans les yeux et je dis, la tête bien haute :

— C'est ça le plus grand danger, on voit seulement des petits dessins. Un petit avion, un petit bateau... Mais on ne pense pas que dans le petit dessin qui explose se cachent un pilote d'avion et des passagers. Même chose pour un sous-marin ou un navire. Vraiment... On peut améliorer ses performances et se défouler avec d'autres jeux vidéo, moins violents et tout aussi amusants.

Zoé n'a plus d'arguments.

Moi non plus d'ailleurs.

Hélène nous félicite. Nous avons toutes et tous bien travaillé. Elle nous explique que ce débat oratoire va se poursuivre, de la même façon, au niveau de l'école. L'équipe gagnante participera ensuite à un autre débat au niveau régional. Puis au niveau provincial. C'est intéressant. Alors elle nous demande de voter pour la meilleure équipe, celle qui a le mieux défendu son point de vue.

Presque toute la classe vote pour notre groupe. Je le sentais! J'ai envie de sauter jusqu'au plafond, de crier de joie. J'ai des ailes. Eh bien, ça alors...

Zoé Lanvin va s'asseoir. Elle a l'air enragée. Ça, ma vieille, c'est chacune son tour...

○

Je suis encore tout agitée. Je m'assois avec mes deux amies pour dîner, mais je n'ai pas faim. Je revis le débat oratoire de tantôt. Catherine s'approche et demande si elle peut manger avec nous. Les Trois Inséparables, on s'interroge des yeux en faisant un accent circonflexe avec les sourcils. Ce n'est pas long qu'on décide toutes la même chose. Marie-Soleil a fait un petit «o» avec ses lèvres. Marianne a hoché la tête et moi, j'ai souri.

— O.K., que je réponds au nom du trio qui se transforme en quatuor.

Catherine s'assoit et ouvre sa boîte à lunch.

— Beurk! Encore un «lunch-santé» préparé par ma mère.

— Pourquoi fais-tu «Beurk»? demande Marianne.

— Regarde: des bâtonnets de carottes, du chou cru, une tranche de pain brun sans beurre évidemment, deux radis, du fromage, des...

— Bien quoi, du fromage, c'est bon?

— Ouais, mais avec des carottes, et tous les jours à part ça, ça tombe sur le cœur!

Sans réfléchir, Marianne lui propose d'échanger son sandwich au beurre d'arachides contre le pain et le fromage. Catherine est ravie. Marie-Soleil suit en proposant ses cornichons contre du chou et quelques carottes. J'étale mon lunch sur la table et je lui demande ce qu'elle m'offre en échange de mes biscuits au chocolat.

— Mes radis et mes pruneaux.

— Tu peux les garder, ma chère.

Elle fait la moue, déçue. Nous trois, on rit de sa grimace.

— Tiens. Je te les donne quand même, mes biscuits.

— T'es fine.

— Non. J'ai encore un morceau de gâteau pour dessert.

Marie-Soleil ouvre de grands yeux. Elle adore le gâteau aux fruits! Elle m'en demande la moitié contre son pouding à la vanille. Marianne entre dans le jeu en attirant notre attention sur son sandwich au thon:

— Qu'est-ce qu'on m'offre pour?

Et les provisions passent de main en main. À la fin, je me retrouve avec du céleri, un morceau de lasagne froide, du chou, un pouding à la vanille, du raisin, des carottes, un demi-sandwich au beurre d'arachides et du gâteau. Pour finir, un peu de lait au chocolat et de l'orangeade. C'est absolument délicieux!

Catherine mange avec appétit et dit, entre deux bouchées:

— Je propose qu'on fasse ça tous les midis. Ça change de la routine.

Et le même stratagème recommence. On s'interroge des yeux et on accepte.

— Youppi! lance la luncheuse-santé en avalant tout rond un œuf à la coque.

Moi aussi je suis de bonne humeur. L'appétit m'est revenu. Catherine me dit:

— En tout cas, Frédérique, tu as été très bonne au débat!

Je souris. Oui, c'est vrai que j'ai été bonne. Je suis assez satisfaite de moi, fière d'avoir plongé malgré ma peur. Je suis surtout ravie d'avoir battu Zoé Lanvin...

Ma fête c'est après-demain, mais mon plus beau cadeau je l'ai eu aujourd'hui.

3
La fièvre du samedi soir

Je flotte dans le brouillard. Et ce brouillard sent le bacon. C'est très étrange. Où suis-je donc? Mais ça ne me tente pas d'essayer de comprendre. Je continue à flotter, paresseuse. L'odeur de bacon revient, très forte. Elle chasse la brume d'un coup sec. Ça y est, j'y suis: on est samedi matin. Mmmmm... je m'étire doucement dans mon lit. Comme un chat qui se réveille.

En plus du bacon, mon nez flaire une odeur de rôties, d'œufs frits, de chocolat. Quel bonheur!

La maison est pourtant bien silencieuse. Pas un bruit de casseroles, de vaisselle.

Aucun mot, aucun pas. Il y a quelque chose de bizarre qui se passe. Tiens, ma porte qui s'ouvre, lentement.

— Surprise!

— Bon anniversaire!

Ah! la, la, bien sûr que c'est ma fête aujourd'hui. Je n'y pensais plus. Mon père s'avance et pose un plateau plein de bonnes choses à manger sur mes genoux. Maman dépose une jolie boîte, ornée d'un ruban, près du chocolat. Mon grand frère m'embrasse et glisse un œillet dans un petit vase, sur le plateau. Je suis tout émue. Je regarde ce copieux petit déjeuner, et le jus d'orange, et le pain doré. C'est trop! Et la boîte, et le chou, et la fleur... Je suis gâtée comme une princesse.

Vite, je déballe mon cadeau. C'est une montre-bracelet. Mes yeux brillent de joie. Je lève la tête vers mes parents pour recevoir une caresse.

— Aujourd'hui c'est à ton tour, Frédérique.

Oui, aujourd'hui j'ai douze ans. Je sens que j'ai vieilli pendant la nuit. Ça doit se voir.

— Eh bien, moi, je dois aller à ma pratique de hockey, dit mon frère.

Il ajoute, avant de sortir:

— Salut, chère sœur, bonne journée. Mange, ça va être froid. Tu penseras à moi en buvant ton chocolat, c'est moi qui l'ai préparé.

Comme c'est bon de manger au lit. Mes parents jasent, assis tout près de moi. Ils me réchauffent les pieds, les jambes, les côtes... partout. Une reine, je suis une reine.

Maman planifie sa journée. Les amies commenceront à arriver vers trois heures. Elle demande si elle peut compter sur notre aide.

— Mais bien sûr, dit papa. Après que Frédérique et moi aurons joué notre partie d'échecs du samedi matin.

Ça, c'est sacré. Le samedi, papa et moi on s'exerce à ce jeu. Il me donne des «leçons privées». Mais ce qu'il ne sait pas, c'est qu'aujourd'hui je vais gagner. Bien quoi, la reine c'est moi? Et la reine, c'est la pièce la plus importante du jeu, non? À nous deux, petit papa d'amour.

○

La maison est décorée de serpentins bleus, roses et mauves, mes couleurs préférées. C'est magnifique. On a dressé une belle table de fête, on a préparé des sandwiches, des salades, un énorme gâteau. On a prévu des jeux, de la musique. Je saute dans mes pantalons tout neufs. Je me coiffe avec une mèche de cheveux retenus sur le côté par ma barrette en forme de papillon tout doré. La frange, toute raidie, je l'envoie dans l'autre sens.

Je commence à m'énerver un peu. Je regarde les bandes de papier au plafond. C'est tellement beau que j'aurais le goût de m'y balancer, comme Tarzan se balance d'une liane à l'autre dans la jungle. C'est plus fort que moi, je crie comme lui:

— Aaaaaaaaiiiaaaaaaaiiiaaaaaaa...

Ça fait du bien. Maman sursaute à chaque fois, mais je m'en fous. Ça me défoule, ça me calme.

Les copines seront là dans un quart d'heure environ. J'ai du temps devant moi. Tiens, je vais écrire un peu dans mon journal. Lui raconter ma nouvelle vie depuis que j'ai douze ans.

○

On sonne. Il est trois heures tapant. C'est Marie-Soleil. Marianne la suit de près. Les autres invitées arrivent presque toutes en même temps. Tout le monde m'embrasse, me souhaite bon anniversaire. C'est un vrai tourbillon. J'ai les bras chargés de cadeaux. Une chance que maman est là pour prendre les manteaux. Moi, je suis trop occupée. Je vais déposer les boîtes décorées sur la table. Je les ouvrirai plus tard.

Bon. Est-ce que toutes les filles sont là? Je fais le compte: Nadia, Catherine, Maude, Florence, Julie, Chantale et mes deux meilleures copines. Il ne manque que Zoé Lanvin. Je ferme les yeux deux secondes et je souhaite de toutes mes forces qu'elle soit malade, incapable de sortir de chez elle... Au même instant, on sonne à la porte. C'est elle. Ma

33

joie tombe un peu. Aussitôt les vœux échangés, je me précipite sur mes cadeaux. On m'a donné un collier, des crayons et des pinceaux, un disque, des coquillages, des bulles parfumées pour le bain, un livre. Je suis aux oiseaux. On m'aime beaucoup.

J'emmène ensuite mes amies au salon pour jouer à la chaise musicale. Papa s'occupe du fond sonore. C'est très énervant de tourner autour des chaises sans savoir quand va s'arrêter la musique. À chaque fois on se précipite n'importe où, le cœur serré. Des fois, ça va si vite qu'on se jette sur une fille qui est déjà assise. On est éliminée. À la fin du jeu, les deux filles qui restent sautent en même temps sur la seule chaise disponible. Donc, pas de gagnante.

Le deuxième jeu est plus détendu. Les yeux bandés, on pique la queue sur un âne en papier accroché au mur. Mais avant qu'on marche vers l'âne, les autres nous font tourner sur nous-mêmes trois ou quatre fois. On est toute désorientée. Il y en a qui piquent la queue dans le front de l'âne, d'autres sur son ventre. Marianne, elle, l'a plantée dans les rideaux du salon. C'est comique.

Ensuite on joue aux gages. C'est moi qui donne les «punitions». Je fais chanter l'une, danser l'autre. Après, chacune récupère son gage. Je demande à celle qui a mis son bracelet dans le panier d'imiter un singe. Ça tombe sur Zoé. Elle s'exécute, rouge comme une tomate. Elle est ridicule. Les filles sont mortes de rire. Pauvre Zoé, je ne voudrais pas être à sa place. Elle reprend son bracelet et me demande où est la salle de bains.

— La porte là-bas, juste à côté de celle de ma chambre.

On rit encore comme des folles. Maman nous invite à manger. Ça fait du bien. C'est bon comme ça ne se peut pas. Puis on danse un peu. Mais la fatigue commence à se faire sentir. Zoé Lanvin est la première à partir. Elle disparaît très vite, sans me regarder. Elle semble encore fâchée. Puis, une à une, les filles me quittent. Elles se sont bien amusées. Moi, ce n'est pas mêlant, je n'ai pas vu la journée!

J'aide un peu mes parents à tout replacer. Je n'ai qu'une envie: écrire dans mon journal. Je vais dans ma chambre, j'ouvre le tiroir. Tiens, mon journal n'est pas là. Mais où est-il? Je fouille partout. Je vide même le tiroir. Rien. Je cherche ailleurs. Tous les tiroirs y passent. Disparu, mon journal intime a disparu!

J'ai le vertige, j'ai chaud, j'ai froid. Mes yeux s'embrouillent. Mais qu'est-ce qui se passe? Je deviens folle ou quoi?

4
Chinoiseries

C'est toujours pareil le dimanche. Mon père lit le journal. Ma mère fait les mots croisés. Mon frère est parti rejoindre ses amis à la patinoire. Marie-Soleil dîne chez sa grandmère et Marianne fait du ski avec son père. Je suis toute seule. Je m'ennuie. Rien ne m'intéresse. Je ne pense qu'à mon journal. Où est-il? J'ai encore cherché ce matin. Il est introuvable. Ça commence à m'inquiéter drôlement. Tous mes secrets précieux sont dans ce journal. Il va falloir que je le retrouve un jour, sinon... Ça m'énerve, ça m'énerve.

— Frédérique, qu'as-tu donc à tourner en rond comme ça? Viens lire avec nous, ou bien téléphone à une amie si tu n'as pas de devoirs à faire.

— Elles sont toutes occupées, mes amies.

— Mais tu as la bougeotte ou quoi?

— Je m'ennuie! J'ai le goût de sortir, de voir des choses. Mais je suis toute seule. Ça ne vous tente pas vous autres de sortir?

Papa s'étire et bâille. Il dit:

— Ça fait tellement de bien de se reposer le dimanche, de ne rien faire... Se laisser faire... Mais si tu y tiens tellement, on pourrait peut-être aller au cinéma, ou à une exposition. Qu'est-ce qui vous tente les filles?

Moi j'aimerais bien aller au musée. On regarde dans les journaux, sous la rubrique «Expositions». Tiens, ce qui me tenterait c'est le Musée d'art contemporain. On y expose des photos. J'adore la photographie. Mes parents sont d'accord avec mon choix. Après, maman aimerait bien aller au restaurant. Ça la changerait de sa grosse journée d'hier. Je la comprends, papa aussi.

Mon ennui est complètement parti. Vite me changer, me coiffer. Vite sortir d'ici. Vite oublier la mystérieuse disparition de mon journal.

○

J'en ai vu des photos! Et de toutes les grandeurs. Une, entre autres, s'étalait sur tout un pan de mur. Incroyable! Très impressionnant. On était sur un pont de navire, au grand vent, un marin s'accrochant à un poteau, les pieds dans les airs. J'ai adoré!

Nous avons fait le tour complet du musée. J'ai vu des peintures, des sculptures. C'est moi qui lisais le nom de l'artiste à mes parents. En sortant, papa m'a acheté un beau souvenir : un catalogue reproduisant les photographies que j'ai vues aujourd'hui. Comme ça, je pourrai les revoir quand j'en aurai envie.

Après, nous sommes allés marcher dans les rues étroites du quartier chinois, la promenade préférée de ma mère. Elle a déjà suivi des cours du soir pour apprendre le chinois et elle aime bien le parler... C'est pour ça qu'elle est entrée dans le magasin qui exposait un superbe paravent dans sa vitrine. Mais elle en est sortie déçue. Elle nous a dit qu'elle et le marchand ne parlaient pas la même langue.

— Comment ça? Vous ne parliez pas tous les deux en chinois?

— Oui, mais moi, j'ai appris le mandarin. Et lui peut-être parlait-il le... je ne sais pas moi, le... cantonnais?

— Parce qu'il y a plusieurs sortes de chinois?

— La Chine, tu sais, c'est très grand. Et chaque région possède son propre langage. Mais les Chinois écrivent tous le mot «homme», par exemple, de la même façon. Ainsi, deux Chinois, d'où qu'ils viennent, se comprennent par écrit.

Génial! Quand je serai plus vieille, j'apprendrai moi aussi le chinois. Même si ça prend du temps. Comme ça, je pourrai lire les petits dessins sur les affiches, dans le quartier chinois.

Pour finir la journée en beauté, nous avons soupé au restaurant. Chinois, évidemment! Pour commander, on inscrit sur un bout de papier les numéros des plats désirés. Ça doit venir de leur habitude de s'écrire en Chine pour se comprendre. Ah! les mets chinois...

> Avec une fourchette
> ou des baguettes,
> un riz chinois aux crevettes,
> c'est super chouette!

Le beau dimanche... Nous sommes rentrés tard. Juste eu le temps de me brosser les dents.

Et de chercher une dernière fois mon journal. En vain.

Pour oublier, je me suis plongée dans les photos du catalogue. Ça a marché. Je me suis endormie dans un hamac de matelot, sur la mer de Chine...

○

Lundi matin, en mettant le pied dans la cour de récréation, je sens quelque chose de bizarre. Les filles ne me regardent pas comme d'habitude. Leurs yeux pétillent et elles chuchotent quand je passe à côté d'elles. Mais, qu'est-ce qu'il y a donc? J'ai l'impression étrange d'être toute nue.

Là, tout à coup, je vois Zoé Lanvin qui jase avec d'autres filles. Elle me regarde. Elle me sourit, mais son sourire est méchant. Et je comprends tout. Je comprends que c'est elle qui a fait disparaître mon journal. Elle est entrée dans ma chambre, samedi pendant la fête, et a fouillé dans mon tiroir. Elle a volé mon journal!

Ça veut dire qu'elle l'a lu. Elle est au courant de tous mes secrets. Puis, ce matin, elle a déjà raconté aux autres des choses sur moi. Je n'en reviens pas! Comment a-t-elle osé une chose pareille? Ce n'est quasiment pas croyable. Je me dis: «Voyons, Frédérique, calme-toi. C'est peut-être ton imagination.»

Mais ce n'est pas mon imagination. Zoé Lanvin me crie:

— As-tu vu ton amour ce matin dans l'autobus?

Elle pouffe de rire. Les filles autour d'elle rigolent aussi. Elle est la plus forte. Je suis battue.

Marie-Soleil me demande ce qui se passe. Elle n'en croit pas ses oreilles. Mon amie Marianne non plus. Elles me disent de ne pas m'en faire. Elles m'aideront à ravoir mon journal. Et à faire taire Zoé Lanvin. Mon cœur pleure de rage.

On entre dans l'école, on va dans notre classe. Je n'écoute pas ce que dit le professeur. Je vois la Zoé qui écrit des petits papiers. Elle les donne en cachette aux élèves assis à côté d'elle. Et eux, ils les repassent à d'autres. Marianne reçoit un de ces papiers. Elle fait une grimace et me montre ce qui y est écrit:

«Frédérique aime Nicolas Sébastien mais elle ne lui parle pas. Elle est trop gênée devant lui.»

Je rougis comme un homard. Tous mes secrets sont dévoilés. Je bous de colère. Je voudrais aller battre Zoé, mais, en même temps, je ne le peux pas. Elle est trop forte. Elle sait tout de moi.

L'heure du dîner arrive enfin. Les gars descendent dans une salle, les filles dans une autre. Nous sommes séparés à l'heure des repas parce que les garçons sont trop bruyants. Ils font les fous. Nous les filles, ça nous tape sur les nerfs.

Notre surveillante de dîner n'est pas là aujourd'hui. Elle est partie avec les élèves de cinquième année en voyage à Québec. Alors les gars sont déchaînés. Il y en a même un qui vient faire des signaux dans la porte de notre salle. On lui dit de s'en aller.

Ça jase pas mal fort de notre côté aussi. Zoé Lanvin est entourée de ses admiratrices: des filles curieuses qui rient comme des idiotes. Comme d'habitude, Marie-Soleil, Marianne et Catherine mangent avec moi. Elles commencent à en avoir assez des manigances de Zoé. Marie-Soleil se lève et dit:

— Là, ça va faire!

Elle s'avance vers Zoé et lui demande de lui rendre mon journal. Et de se taire. Sinon elle va tout raconter à Hélène. Zoé lui répond que mon journal est dans son sac d'école, en haut dans la classe. On s'entend pour qu'elle me le remette après le repas.

— C'est mieux que rien, me dit mon amie en revenant s'asseoir.

Je la remercie, mais je ne suis pas satisfaite. Parce que même si Zoé me remet mon journal, elle continuera à en parler. Et puis, ça ne fera pas disparaître les petits papiers de ce matin. Je suis certaine que, dans la salle à côté, les gars de ma classe montrent mes secrets à leurs copains. Et Nicolas est là. Oh! malheur, que va-t-il penser?

J'ai le front brûlant et les mains toutes froides. Je ne vais pas jouer dehors avec les autres. J'attends ici, toute seule. La cloche sonne et tout le monde revient à sa classe. Le bruit me donne mal à la tête. Marie-Soleil, toute radieuse, arrive près de moi, mon journal entre les mains. Enfin! Je le prends, je le serre sur mon cœur. Mon ami, mon confident m'est revenu. Je le range précieusement dans mon sac d'école.

Cet après-midi, on fait de la grammaire. Mon cours préféré. J'essaie de tout oublier et de ne penser qu'aux phrases, qu'aux mots que j'écris. Mais des petits papiers se mettent à danser dans ma tête. J'ai mal au cœur. Je suis gelée jusqu'aux os. La tête me tourne, je sens que je vais être malade. Je me lève et vais dire à Hélène que je ne me sens pas bien. Elle m'envoie chez l'infirmière.

J'explique mon malaise. L'infirmière touche mon front et mes mains. Elle me fait asseoir et téléphone à ma mère. Elle l'informe de mon état. Maman va venir me chercher.

L'infirmière récupère mon manteau, mes bottes et mon sac. Je suis toute molle. Elle m'aide à m'habiller. Ma mère arrive bientôt. L'infirmière la rassure:

— Soyez sans crainte, madame. Demain ça ira mieux.

Maman m'emmène à l'auto. Juste avant d'embarquer, je lève la tête et regarde vers ma classe. Zoé Lanvin est dans la fenêtre et me montre ses dents. Je frissonne.

Je m'écrase au fond de la banquette, les yeux fermés. Je n'ai qu'une envie: me cacher dans mon lit. Et dormir.

5
Un plan diabolique

Comme tous les matins, Marie-Soleil traverse la rue et vient me rejoindre. On attend l'autobus scolaire ensemble. D'habitude on rit, on fait les folles. Mais ce matin, je n'ai pas le cœur à rire. Oh! non. Je dirais plutôt que j'ai peur. Je suis tendue comme quand je dois montrer à mes parents un examen pour lequel j'ai eu quarante sur cent. C'est ça, c'est la même peur. Et quand j'ai peur, je ne ris pas.

Marie-Soleil comprend tout sans que je lui explique. Elle sait pourquoi j'ai peur. Nicolas sera là, dans l'autobus. Et il SAIT maintenant que je l'aime. Alors tout est changé.

Hier encore, je montais dans l'autobus en riant avec mon amie. On s'assoyait dans notre banc, le troisième en avant. Je jetais un petit coup d'œil au fond et j'apercevais Nicolas avec d'autres garçons. Il ne me regardait même pas. Trop occupé à parler avec les gars. J'avais juste le temps de le trouver beau, lui, avec ses cheveux blonds et ses yeux clairs. En une seconde, je voyais tout de lui. Puis, un coin de rue plus loin, c'était au tour de Marianne de monter. Alors là, j'oubliais complètement Nicolas. On parlait trop toutes les trois. Et on riait encore plus fort.

Mais maintenant... Ma vie est gâchée. Et tout ça à cause de Zoé Lanvin. Elle, la peste, la méchante, la chipie! Mais là, je n'ai pas le goût de penser à elle. Je ne songe qu'à lui... et à ma gêne.

Hier soir, maman a bien vu que j'avais quelque chose qui n'allait pas. Je lui ai tout raconté. Sinon j'allais éclater. Après, elle m'a dit:

— Parle à Nicolas, tout simplement. Il n'y a pas de honte à aimer quelqu'un. Et puis tu sais, les gars, ils sont gênés aussi de rencon-

48

trer les filles, de leur parler. Ils ont peur de ne pas être aimés. Je suis certaine qu'au contraire, ce garçon sera ravi de savoir que toi, Frédérique, tu l'aimes. Car tu es une belle fille, intelligente et pleine de talents.

Elle m'a serrée bien fort entre ses bras et m'a embrassée. J'étais bien.

Ça m'aide de repenser à cette conversation. Ça me calme un peu. Et puis, ma copine est là, près de moi. À deux, ça va mieux. L'autobus tourne le coin de la rue. Allons, courage ma vieille. J'ai les jambes molles, je vais m'enfarger...

Bien non! Je suis déjà dans mon banc. Je n'ai pas osé regarder vers l'arrière de l'autobus. J'ai vu juste le plancher. Et puis, je n'entends plus rien, mes oreilles sont bouchées. Marianne monte à son tour et nous rejoint. Elle me sauve la vie: elle parle comme un moulin. Elle nous raconte en détail sa soirée d'hier. Elle n'a pas fini qu'on est déjà rendues à l'école.

Juste comme je vais me lever, j'aperçois Nicolas devant moi. Il me dit qu'il veut me parler. Il me donne rendez-vous à trois heures trente, après l'école. J'accepte, sans même entendre le son de ma voix.

○

Le coin où habite Nicolas est plein d'arbres. Leurs branches se touchent au-dessus de la rue. Les maisons sont en pierres et en briques brunes. Pas de briques rouges comme dans mon quartier.

Sa maison ressemble à un ancien château. C'est une grande et vieille demeure, encore très belle. La porte en bois est immense. Comme celle de l'école. Nous entrons dans un hall. Ça me rappelle un film que j'ai vu à la télévision. J'ai la sensation qu'un valet de chambre va venir à notre rencontre et dire :

— Monsieur Nicolas est rentré, Madame...

Mais non. Personne ne vient. Nicolas jette son sac d'école sur une chaise et crie à tue-tête :

— Papa, j'suis là. J'ai amené de la visite.

Son père arrive par une porte de côté. Il est jeune, à peu près du même âge que papa. Sauf que lui, il porte des lunettes. Il a les

50

cheveux blonds comme ceux de Nicolas. Il me donne la main.

— Bonjour, Frédérique. Nicolas m'a parlé de toi. Je suis content de te rencontrer. Sois bien à l'aise ici. Bon, je dois vous laisser vous deux, j'ai un dossier à lire. Nicolas, tu serviras une collation à ton amie. À plus tard.

Décidément, ce n'est pas du tout comme dans le film. Le père en question était plus froid que lui. Je dis à Nicolas que je dois téléphoner chez moi et expliquer à ma mère pourquoi je ne suis pas rentrée. Maman ne comprend pas trop comment il se fait que je suis ici, dans cette maison. Moi non plus d'ailleurs... Enfin, on s'entend sur l'heure du retour. Puis elle rit et m'agace un peu. Je l'adore.

Nicolas me fait monter à sa chambre. On suit un bel escalier en bois, avec du tapis épais au milieu. Il y a plusieurs chambres en haut. La sienne est au bout du couloir. C'est une grande pièce bleue et rouge. Au mur, une affiche de Charlie Chaplin. J'aimerais bien visiter toute la maison, mais ça me gêne de demander. Peut-être tout à l'heure... Pour l'instant, je veux savoir ce que Nicolas a à me dire de si important.

— Depuis que Zoé Lanvin a volé ton journal, elle n'arrête pas de rire de toi, et de moi aussi.

Je hausse les épaules:

— Je n'sais plus quoi faire.

— Il faut se venger! Ça serait facile pour toi, tu es dans la même classe qu'elle. Tu pourrais cacher ses cahiers, ses devoirs.

— Oui! Je pourrais barbouiller son cartable à dessins.

Juste à penser aux tours que je pourrais lui jouer, je me mets à rire. Nicolas continue:

— Quand vous allez au cours d'éducation physique, tu fais disparaître ses souliers de course.

Et moi:

— Je vole ses vêtements quand elle est dans la piscine.

— Tu pourrais coller ses travaux manuels ensemble.

— Marie-Soleil, Marianne et moi on lui lancera des boules de papier pendant la classe.

— Sans vous faire attraper!

— Évidemment..., que je réponds.

Alors Nicolas me dit:

— Le pire, j'y ai pensé hier soir. J'en ai parlé ce midi à mon ami Francis. Il est d'accord.

Nicolas me parle tout bas, l'air mystérieux.

— On écrit à la craie, sur les murs de l'école:

Zoé AIME Francis

dans un cœur. Ça va être à son tour à la Zoé Lanvin de se faire agacer...

— Formidable! J'ai hâte à demain.

Il prend mes mains et dit:

— On est amis nous deux, à partir d'aujourd'hui.

— Grâce à Zoé Lanvin. C'est drôle, hein?

On pouffe de rire. Que je suis heureuse! Ça y est, mes ailes ont repoussé.

Nicolas me tient toujours les mains. Soudain, j'ai le goût de l'embrasser. Et c'est plus fort que moi, je lui donne un bec. Ses yeux brillent et me sourient. Puis, je lui dis que j'aimerais bien visiter sa maison.

— Oui, mais avant, une bonne beurrée de confitures et un verre de lait.

J'accepte, je meurs de faim. Alors, mon nouvel allié veut me faire une surprise. Il m'emmène dans la chambre de ses parents. Il me dit de patienter cinq minutes et il part en courant. Je l'entends dévaler l'escalier.

J'ai tout mon temps pour regarder autour de moi. La chambre est tapissée en gris, en noir et en vert. L'édredon est à pois jaune moutarde. C'est très moderne. Ça m'étonne, dans une si vieille maison. Je ne vois pas de rideaux aux fenêtres. Ce n'est pas comme dans la chambre de mes parents... Mais comment font-ils ces gens pour dormir le matin avec la lumière dans les yeux?

Nicolas revient tout essoufflé. Ah! qu'il est beau. Je me trouve chanceuse d'être là, d'être son amie. Il me fait signe d'approcher. Il me montre des petites portes dans le mur. Il les ouvre. Je vois des câbles. Mais... c'est un petit ascenseur! Nicolas appuie sur un bouton. On entend un drôle de bruit et, tout à coup, un plateau apparaît! Il lâche le bouton et tout s'arrête. Je n'en reviens pas: un monte-plats entre la cuisine et la chambre des parents. Mais c'est un vrai château ici. Mon ami m'explique qu'autrefois, ça en était presque un. Il apporte le plateau et m'emmène voir une petite pièce, à côté de sa chambre. Il y a très longtemps, c'était la chambre à coucher de la bonne. Maintenant, c'est une salle de travail où ses parents ont placé leur ordinateur. Je ne peux m'empêcher de dire à Nicolas:

— C'est superbe chez toi!

Puis, on retourne à sa chambre pour manger nos confitures. Je bois mon lait lentement. Je pense. J'ai une idée qui commence à grandir. Une idée de vengeance. Une idée terrible qui est née dans cette maison, dans ce château. Une idée effrayante. Je dois en parler à Nicolas. J'ai absolument besoin de son aide pour réaliser mon plan. Un plan diabolique.

Pauvre Zoé Lanvin, je ne voudrais pas être à sa place...

6
Entre ciel et terre

Mon cher Journal,

C'est entendu : on va fêter la Saint-Valentin chez Nicolas. Tous nos amis y seront. Heureusement, Zoé Lanvin aussi. Oui, j'ai bien dit heureusement, car c'est là qu'on va lui régler son compte. Après cette fête, la vipère ne pourra plus parler, oh non ! Et ce sera bien fait pour elle. Je te raconterai tout en détail, après...

Je te dis que ça bouge à l'école. Je veux parler du débat oratoire. L'autre classe de sixième a aussi voté pour l'équipe qui parlait contre les jeux vidéo de guerre. Devine avec qui je participerai au concours régional? Oui, oui, avec lui: Nicolas! Mon cœur est tout emballé. Je suis si heureuse!

Ce soir, dans l'autobus, on s'est donné rendez-vous pour demain midi. On fera une liste de nos arguments. Et on essayera d'en trouver d'autres. On s'entend tellement bien nous deux. On fait une équipe formidable.

Tu sais, mon cher Journal, je vais être très occupée pendant les deux prochaines semaines. Je serai souvent avec mon nouvel ami. J'aurai moins de temps pour t'écrire. Mais sois patient, je ne t'oublie pas. À plus tard.

○

Lundi 9 février

Cher Journal,

Je vois des ♥ partout. Ça me sort par les oreilles. C'est à cause de la Saint-Valentin. J'ai découpé des ♥ toute la fin de semaine. Des petits ♥, des moyens ♥, des gros ♥. Des ♥ rouges, des ♥ roses, des ♥ violets. Des ♥ pleins, des ♥ percés de la flèche de

Cupidon, des ♥ pointus, des ♥ ronds, des ♥ , encore des ♥. Pour blaguer, maman m'a dit que j'avais la bouche en 👄. Je lui ai répondu que j'avais mal au ♥.

Non, sérieusement, j'ai mal aux doigts. Les ciseaux étaient trop petits et le papier trop épais. Mais la maison de Nicolas va être très belle, très décorée. Il y aura des ♥ partout. Bon! me voilà repartie avec les ♥. Et ce n'est pas fini. J'en ai pour la semaine à les coller, à les suspendre chez mon ami. Après, lui et moi, on mettra au point notre fameux coup : briser le 💔 de Zoé Lanvin...

Je ne peux pas t'en dire plus. Patience, patience... Non non, ne cherche pas à en savoir plus. De toute façon j'ai trop de choses à faire maintenant pour en parler. Et puis, j'ai trop mal aux doigts pour continuer à écrire. Salut mon ♥!

○

Jeudi 12 février

Mon très cher Journal,

Je suis crevée! Il faut que j'arrête un peu. J'ai besoin de m'enfermer dans ma chambre.

De t'écrire dans le plus grand silence. Ah! respirer tranquille! Juste toi et moi. C'est fou la vie, des fois, tu ne trouves pas? En tout cas, ce soir, moi je trouve ça essoufflant.

On travaille très fort à l'école. On apprend les divisions de fractions. Je trouve ça difficile. Je suis si poche en maths... On étudie aussi le système métrique, avec les litres, les décilitres, les millilitres. Je n'aime pas ça. J'ai beaucoup de devoirs, ça n'arrête pas.

De plus, il neige depuis deux jours. J'aide les autres à pelleter, matin et soir. Ensuite je continue à préparer le débat oratoire et la fête de samedi.

Puis, il y a maman qui m'en demande beaucoup. «Fais ton ménage», «Ramasse ton linge», «Aide-moi à débarrasser la table», «Tiens-toi droite»... et bien d'autres choses encore. Je vais lui parler avant d'aller me coucher. Elle devrait comprendre. Elle est fatiguée; elle aussi travaille fort. Je vais lui demander la paix pour quelques jours, jusqu'à mes vacances d'hiver, la classe-neige.

J'ai vraiment hâte à ces vacances. La paix. La sainte paix! Bonsoir, Journal.

○

Dimanche 15 février

Mon cher Journal, bonjour!

Ça y est. Je suis vengée. Aujourd'hui, c'est la Zoé Lanvin qui est malade. Mais laisse-moi tout te raconter.

C'était donc hier le fameux jour de la Saint-Valentin. Je suis arrivée la première chez Nicolas. Il m'a donné une carte en cœur. C'était écrit: «Bonne chance à mon amie, ma complice.» On a souri, un peu gênés. Mais on commençait à être nerveux, tous les deux. Notre plan marcherait-il comme prévu?

À deux heures, les filles et les garçons étaient là. On a commencé par l'échange d'un petit cadeau d'amour. C'est drôle, tout le monde avait apporté du chocolat. On riait, on goûtait aux chocolats des autres. Il y en avait de toutes les sortes. Quel bonheur! Puis, on a joué à la chaise musicale. J'ai trouvé les garçons plus brusques que les filles... j'ai des bleus sur les jambes ce matin. Ensuite, Nicolas a expliqué le jeu suivant: la chasse au trésor. Mon cœur a commencé à battre un peu plus fort pendant qu'il parlait.

— Avant que vous arriviez, Frédérique et moi on a caché un gros cœur vert qui contient un message important. Le gars et la fille qui vont le découvrir auront une grande surprise. Bonne chasse!

Deux par deux, ils se sont mis à fouiller partout dans la maison. Francis connaissait notre plan secret. Il a pris Zoé par la main et il l'a emmenée chercher en haut, dans la chambre des parents. Nicolas et moi, nous étions dans la cuisine. J'ai encore demandé si notre tour marcherait, mais il ne m'a pas répondu. Il avait l'oreille collée à la porte du monte-plats.

Mais oui, cher Journal, c'était ça mon plan diabolique! Le fameux cœur vert était caché dans le petit ascenseur. Et pour le prendre, il a fallu que Zoé entre dedans! Francis l'a aidée à grimper sur ses genoux, puis, il a fermé la porte. Nicolas a pesé sur le bouton et il l'a lâché. Zoé a crié de terreur. Ensuite ce fut le grand silence. Elle était prise entre les deux étages, en pleine noirceur. Ça a duré longtemps. Une éternité.

Francis est descendu nous rejoindre à la cuisine. Il a dit:

— C'est assez! Elle va étouffer.

J'ai regardé Nicolas. J'ai fait oui de la tête. Il a fait descendre l'ascenseur. Pauvre Zoé! Elle était verte comme le cœur qu'elle tenait dans ses mains. Les amis revenaient de leur chasse. Maude, Jean-Christophe, Marianne, David, Catherine, Félix et tous les autres la regardaient sans rien dire. Francis a dû l'aider à sortir de la cage. Vite, elle a pris son manteau, ses bottes, et la porte...

La mère de Nicolas est venue nous demander:

— Comment se fait-il que quelqu'un s'en aille avant d'avoir goûté à mon beau gâteau?

J'ai ramassé le cœur vert et j'ai dit:

— Zoé Lanvin n'a pas aimé le message du trésor: «IL NE FAUT PAS JETER DE L'HUILE SUR LE FEU». Enfin, je le suppose...

Mme Sébastien réfléchissait tout haut:

— De l'huile sur le feu... c'est bien vrai ça... Des fois, à force d'agacer, une petite chicane peut virer en grosse querelle... Mais aujourd'hui, c'est la fête des amoureux et on doit célébrer. Allons! du gâteau pour tout le monde.

Mmmm, un délice! Ensuite on a joué à mimer des titres de chansons. On a bien ri. Il y a juste Francis qui ne riait pas. Il nous regardait, Nicolas et moi, le visage très sérieux. Mais moi je m'en fous de son visage. Je suis vengée. C'est ça qui compte.

Et toi, cher Journal, es-tu aussi fier que moi d'être vengé?... Salut!

7
Un départ

Le réveille-matin n'a pas eu à sonner. Je me suis levée toute seule, et très tôt. Toilette, petit déjeuner, gros becs à tout le monde, je suis prête à partir. Valise à la main droite, sac de couchage à la main gauche. Adieu la maisonnée, adieu la parenté, adieu les devoirs et les leçons, je pars en vacances.

— Maman, peux-tu conduire plus vite? On va être en retard.

— Voyons donc, le rendez-vous est pour neuf heures et il n'est que moins vingt! Rassure-toi, l'autobus ne partira pas sans toi, ma chouette.

Je ne voudrais pas manquer ce voyage pour tout l'or du monde. C'est ma première classe-neige.

Voilà enfin la rue de l'école. J'aperçois un énorme autobus. C'est plein de monde autour. Les deux classes de sixième année sont presque complètes. Tiens, Marie-Soleil et Marianne sont là.

— Allô les filles, oui j'arrive!... Bonjour Hélène!

Le chauffeur place mon barda dans la soute à bagages.

— Au revoir maman, bonne semaine.

Je monte dans l'autobus m'asseoir avec mes deux amies. Elles sont aussi excitées que moi. Marie-Soleil me lance:

— Hé! Frédérique. J'ai apporté mes albums de Mafalda. Je te les prêterai le soir avant de dormir.

Moi, j'ai emprunté le baladeur de mon frère et ses cassettes de Michel Rivard. On rit, on ne tient pas en place. Nicolas arrive à son tour. Il me fait un gros clin d'œil en passant dans l'allée. Il rejoint Francis dans le dernier banc. D'autres camarades arrivent encore. Ça court dans l'allée, ça parle fort. Le chauffeur monte à son tour et met le contact. Tout le monde lâche un cri... C'est comme si on partait pour toujours, au bout du monde. Hélène et Jacques Crépeault, le professeur de l'autre sixième, marchent dans l'allée et nous comptent. Ils font un signe au chauffeur : on peut partir.

Wow!

On fait des bye-bye de la main à nos parents. Je me sens drôle : je suis heureuse et en même temps j'ai un petit peu peur. L'autobus tourne le coin de la rue. Maman a disparu. Je me retourne vers mes deux copines. Elles ont la mine réjouie. Tout à coup, un gars crie en arrière :

— Ouvrez les fenêtres! Max vient de péter. On va mourir asphyxiés.

L'autobus se met à trembler tellement on rit. Il y en a qui essaient d'ouvrir les fenêtres, mais en vain ; ils rient trop. Quelqu'un se met à taper du pied. D'autres font pareil. On se met à chanter : «Bonhomme, bonhomme», «Mon beau sapin», «Minuit, chrétiens»... Toutes les chansons qu'on connaît y passent.

Bien calée dans mon siège, je regarde dehors. Le paysage change. Plus on quitte la ville, plus la neige est blanche et abondante. Les arbres dénudés font place aux sapins touffus. Peu à peu, les collines deviennent des montagnes. Et de la neige, de la neige à profusion. Belle, étincelante, appétissante.

L'autobus quitte l'autoroute et s'engage dans un chemin sinueux. Puis dans un autre, très étroit. On ne pourrait y croiser une voiture. Enfin, il tourne sur une grande place, face à un immense chalet. Des moniteurs et des monitrices sont dehors pour nous accueillir. On descend de l'autobus un par un, intimidés. On récupère nos bagages. On nous invite à entrer dans le chalet par le sous-sol.

Dans cette grande salle, il y a des casiers sur deux murs. Des skis sont alignés sur les deux autres. Au milieu, de longs bancs en bois. On s'assoit. Un moniteur nous souhaite la bienvenue. Il s'appelle Martin. Il nous explique les règlements. C'est toujours ici qu'on devra se déchausser et laisser nos manteaux. Chaque moniteur sera responsable d'un groupe de six élèves. Nous formerons donc huit groupes et chacun des groupes aura sa chambre.

Pour ce qui est de l'horaire, c'est simple. Lever à sept heures et demie, douche, déjeuner, activités de plein air. Après le dîner, on joue dehors. Souper. Veillée au salon. Mais, quand Martin nous annonce qu'on va laver notre vaissele, on bougonne un peu...

Ensuite, chaque moniteur se présente. Puis les deux profs appellent les garçons, et les filles, par groupes de six. Je me retrouve avec Marie-Soleil. Mais Marianne me fait une grimace quand elle apprend qu'elle couchera dans la même chambre que Zoé Lanvin. Beurk! Je l'avais oubliée, celle-là.

Ma monitrice s'appelle Louise. Elle a l'air gentille. Elle nous invite, les six filles, à la suivre. On visite la maison. À l'étage, c'est le salon. Comme c'est beau! Tout en bois, avec un foyer impressionnant, des grandes fenêtres. À côté, c'est la cuisine. Les chambres sont en haut.

Puis, on monte nos bagages. J'ai déjà choisi mon lit: le premier à gauche, près de la porte. Marie-Soleil veut coucher entre moi et Catherine. En face de nous, Maude sera la voisine de deux filles de l'autre classe. Elles s'appellent Brigitte et Marie-Ève.

J'aime ça, placer mes affaires dans la petite commode près du lit. C'est mon petit coin à moi. Je m'y sens déjà à l'aise. Tous les groupes sont maintenant dans leurs chambres. On entend des pas, des rires, des tiroirs qui claquent. On est joyeux. On va passer une belle semaine!

Je commence à avoir faim. Je m'assois sur mon lit. Je regarde faire les autres. Marie-Ève semble timide. Elle ne parle pas. Elle place minutieusement sa brosse à dents dans son tiroir. Puis un livre, des bas, des caleçons. Puis, elle hésite. Elle prend un sac dans sa valise et regarde autour d'elle. Elle me voit. Elle rougit jusqu'aux oreilles.

— Qu'est-ce qu'il y a? que je lui demande.

Elle attend quelques secondes.

— Es-tu menstruée toi? qu'elle me dit.

Sa question m'a surprise.

— Non... Pourquoi me demandes-tu ça?

— Ma mère m'a obligée à apporter ces serviettes sanitaires, au cas où ça m'arriverait cette semaine. Tu sais, j'ai presque treize ans.

Brigitte s'approche de nous.

— Moi je le suis. C'est pas gênant.

— Ah oui? qu'on répond en chœur. Est-ce que ça fait mal?

Toutes les filles la regardent, à la fois inquiètes et envieuses.

— Oui, un peu le premier jour. Mal au ventre. Des crampes comme quand on a trop mangé. Ensuite on ne sent plus rien. Des fois j'ai mal à la tête. Ça dépend. Je prends de l'aspirine, puis ça passe. Ça ne m'empêche pas de sortir, de jouer.

Marie-Ève est là, son sac dans les mains. Brigitte la rassure:

— Si ça t'arrive, je te montrerai comment coller la serviette au fond du caleçon. Ce n'est pas compliqué. L'important c'est de changer souvent de serviette. Et de se laver à chaque fois!

Maintenant nous en parlons à l'aise. Moi, j'ai bien hâte d'avoir mes menstruations. Comme Brigitte.

Bon! c'est l'heure du dîner. Tout le monde descend à l'étage. Je ne suis pas la seule à avoir faim. Je croise Marianne dans le corridor : tout va bien, sauf qu'elle meurt de faim !

On entre dans la cuisine. Les moniteurs sont déjà attablés. Je vais rejoindre mon groupe. On nous sert de la soupe aux tomates. Ensuite, j'entame mon sandwich au jambon et fromage. Je parcours des yeux la salle à manger. Avec horreur, je vois Zoé Lanvin qui sourit à Nicolas. Ma bouchée devient soudainement une roche dure dans ma gorge.

8
La branche cassée

Mes pieds sont engourdis par le froid.
Mes jambes accusent un demi-temps de
retard sur la valse. J'essaie de sourire à Nicolas qui glisse près de moi. Il s'arrête.

— Ça n'va pas?

— J'ai les pieds gelés.

Il me prend la main et m'entraîne doucement à suivre le rythme. Ça patine mieux.
Oh! oui, ça va beaucoup mieux. On fait le
tour de la patinoire, comme des amoureux. Je
sens mes pommettes rougir. Pas de froid. De
plaisir.

— J'ai vu Zoé te sourire ce midi. Je n'aime
pas ça.

Nicolas hausse les épaules.

— C'est sa tactique. Mais t'as remarqué que j'ai fait semblant de ne pas la voir.

Bien non, je n'ai pas remarqué. Je me souviens seulement d'avoir bu de l'eau pour ne pas m'étrangler avec ma bouchée. Maintenant je suis rassurée. On fait un dernier tour de patinoire. Nicolas a le sens du rythme. Comme moi. J'aime ça.

Je rentre enfiler mes pantoufles. Décidément, mes patins sont trop petits. Ou mes bas trop épais... J'aurais donc tant grandi depuis Noël? C'est effrayant! Maman m'a déjà dit que je serai plus grande qu'elle. Ça me fait drôle de penser à ça. Moi, plus grande que ma mère. Au fond, ça me plaît bien.

Mmmm, ça sent bon. On va souper bientôt. Les patineurs rentrent. Quel vacarme. Ceux qui ont fait de la traîne-sauvage sur la pente à côté sont déjà assis au salon. On attend impatiemment le signal du repas. Le grand air, ça creuse l'appétit. J'aime bien les vacances : s'occuper en attendant les festins...

○

Ce soir, c'est le groupe numéro deux qui fera la vaisselle. Un groupe de garçons. Alors nous, les filles, on se donne le mot. On salit beaucoup la vaisselle. Une tonne de vaisselle. On rit comme des folles. Les gars sont enragés. Ils nous crient de manger notre dessert dans la même assiette que le ragoût. Non mais, pour qui ils nous prennent? Des niaiseuses? Alors, on salit. C'est comme une petite vengeance. Et puis, de l'eau de vaisselle, ça nettoie bien les ongles... et ça rend les mains douces!

○

Qu'est-ce qu'on fait ce soir? Louise nous propose des jeux de société. Oh! oui, des charades! Tout le monde s'assoit en rond sur le grand tapis. Ça sent bon le bois qui brûle dans le foyer. Alexandre commence:

— Mon premier est une partie de l'arbre; mon deuxième est un gaz puant.

Mon tout est un instrument de musique.

Tout le monde cherche. Une partie de l'arbre... Branche? Tronc? Cime? Feuille?

Ensuite, un gaz puant... Je ne vois pas. Mon tout est un instrument de musique. Quel instrument commence par branche? Par tronc? Tron... trompette? Mais oui, ça doit être ça.

— Trompette?

Alexandre me fait bravo des mains. Plusieurs se mettent à rire. Ils le trouvent vraiment très drôle, Alexandre...

C'est à mon tour de jouer. Vite, il faut que je pense vite. Quel mot se divise en plusieurs mots? Patin: pas teint. Foulard: fou lard. Les autres s'impatientent. Je leur dis:

— Cherchez vous aussi! Comme ça vous serez prêts quand viendra votre tour.

Je continue à réfléchir. Tiens, j'en ai un:

— Mon premier est un petit papillon qui mange les lainages durant l'été;
et ça prend cent pièces de mon deuxième pour faire une piastre.

Mon tout est le nom d'une chanteuse.

On me fait répéter la charade puis on se concentre. Finalement, Zoé Lanvin s'écrie:

— Mitsou!

Elle, je l'étranglerais... Pas Mitsou, mais Zoé...

○

— Bonne nuit, les filles. Demain on va faire du ski de randonnée. Dormez bien.

Louise éteint et ferme la porte. Maude se met à rire. C'est contagieux. Les cinq autres filles, on se met à rire aussi. On ne sait même pas pourquoi. Puis on se calme. On parle de la soirée, des filles, des garçons. Et des moniteurs. Le grand Martin est très beau. Il a une moustache. Je crois que Brigitte est en amour avec lui. J'ai dit qu'il avait des boutons et elle m'a répondu sèchement que ce n'était pas grave. D'ailleurs elle ne parle plus. Elle va rêver à lui cette nuit, j'en suis certaine. Je le dis tout bas à Marie-Soleil. Elle, c'est Francis qui lui plaît. Pas de moustache encore, ni de boutons...

Peu à peu, les filles se taisent. Je m'endors sans m'en apercevoir.

○

C'est très agréable de skier dans le bois. De grosses branches de sapin laissent parfois tomber des tas de neige sur nos têtes. Le silence est impressionnant. J'entends le crissement des skis sur la neige. Ça résonne dans la forêt. Puis rien. Le silence. L'air pur. Quand je serai une adulte, je m'achèterai un chalet à la montagne. Je suis si bien ici, dans la nature.

Il commence à neiger. Comme c'est joli ces petits flocons d'ouate. Je sors ma langue pour en attraper. Je n'ai pas le temps d'y goûter, ça fond tout de suite dans la bouche.

Gauche, droite, gauche, droite. Les jambes, les bras, tout mon corps travaille. La neige qui tombe est de plus en plus dense. Mes cils sont lourds de flocons. Je dois baisser la tête. De toute façon, on commence à ne plus très bien voir tellement il neige. Je fixe mes skis qui glissent dans les sillons déjà tracés. Gauche, droite.

Nous sommes trois groupes à la queue leu leu. Les autres ont pris d'autres pistes. Je sais que Nicolas et Francis, eux, font le tour du grand lac gelé. Nous, on a pris le flanc de la montagne. C'est un peu plus fatigant pour l'aller. Ça monte tout le temps. Mais ce sera plus facile au retour.

On arrête un peu pour secouer nos bonnets et nos mitaines. Le ciel s'assombrit. On dirait que ça va tourner en tempête. Louise nous laisse pour quelques minutes. Elle veut rejoindre les autres monitrices. Marie-Soleil est essoufflée. Elle vient m'aider à frotter mes cils pleins de neige, mais sa mitaine est toute mouillée. Ça me gèle le visage. Je lui dis de laisser faire.

Louise est partie depuis une éternité. Il neige abondamment. Je vois à peine les élèves du troisième groupe derrière, le groupe de Zoé Lanvin. Le vent s'est levé. Un début de poudrerie nous bloque la vue. Et cette noirceur de plus en plus menaçante. Je me mets à avoir hâte de rentrer au chalet. Je frissonne.

Louise revient enfin. Elle nous demande de faire demi-tour. Elle nous conseille de skier à notre rythme, de ne pas s'énerver.

Maintenant, c'est moi qui suis derrière Marie-Ève. Gauche, droite. C'est difficile, même si ça descend. Les pistes sont remplies de neige. Les skis ne glissent presque pas. Le vent est fou! Ça me fait étouffer un peu. Il soulève des gros tourbillons de neige. Des fois, Marie-Ève disparaît complètement. Puis elle reparaît, beaucoup plus loin. J'ai peur de quitter la piste.

Gauche, droite. Soudainement, mon bâton droit s'enfonce dans la neige molle, presque jusqu'à ma main. Oh! j'ai failli tomber. Je me tasse à gauche. J'avais quitté la piste sans m'en apercevoir...

Derrière moi, Marie-Soleil me crie de rattraper l'autre fille devant. J'essaie d'aller plus vite. Gauche, droite. J'avance, les yeux presque fermés. Mais cette fois-ci, je tombe de tout mon long, encore plus à droite. Je vois de la neige molle débouler un peu plus en bas, au pied de la montagne. Des petites branches m'ont égratigné le visage en tombant. Je regarde en bas, dans la poudrerie. Est-ce que je vois un mirage? À travers le tourbillon, je vois comme une branche cassée. J'ai l'impression d'apercevoir aussi une tache, une tache rouge. C'est loin ou c'est proche, je ne sais pas. Mon front brûle. Je passe ma mitaine sur mon visage. C'était donc ça: je saigne.

Des bras vigoureux m'empoignent. Louise m'aide à me relever. Ouf! quelle frousse j'ai eue. Elle me tape dans le dos.

— Allons, on arrive presque. Un dernier effort, ma vieille!

Je suis rassurée. Louise me suit et m'encourage jusqu'au chalet. Vite on entre au sous-sol. Ça ne parle pas fort... Ensuite on va se réchauffer près du foyer. On nous prépare un bon chocolat chaud.

Hélène fait l'appel:

— Frédérique?

— Présente.

— Marie-Soleil?

— Présente.

Tout le monde y passe.

— Nicolas?

— Présent.

— Zoé?

Silence.

— Zoé. Zoé Lanvin?

Silence.

Où est-elle passée celle-là?

9
Trop, c'est trop!

Les moniteurs et les monitrices nous demandent de rester au salon. Eux, pendant ce temps, passeront le chalet au peigne fin.

...Je me revois: mon menton était figé dans la neige... J'ai ouvert les yeux et j'ai vu avec horreur des boules de neige dévaler la montagne. En bas, un précipice. J'étais au bord d'un précipice...

Les élèves boivent leur chocolat chaud en silence. Ils sont crevés. On entend les monitrices fouiller les chambres et les douches.

...Parmi les branches, j'en ai remarqué une, plus grosse, qui était cassée. Mon front brûlait. Puis là, une tache. Une tache rouge dans un tourbillon... Rouge comme l'habit de neige de Zoé!...

Les moniteurs s'habillent. Ils veulent retourner sur la piste. Il fait nuit maintenant. La tempête fait rage. Des élèves entreprennent une partie de Monopoly. D'autres jouent au Scrabble. Mes amies se reposent devant le foyer. Je pourrais aller parler à Nicolas. Mais je veux régler mon problème toute seule.

J'ai une ennemie jurée. Depuis toujours. Je veux qu'elle disparaisse. Depuis toujours. Aujourd'hui, mon désir se réalise enfin. Pourtant je suis malheureuse.

Elle a froid. Je transpire. Elle a peur. J'ai mal. Je veux me débarrasser d'elle, oui. Mais pas de cette façon. Je ne suis pas une lâche! Je lui réglerai son cas plus tard, d'égale à égale.

Vite! Il faut que je fasse vite!

Je descends au sous-sol. Mes jambes tremblent un peu. J'aperçois Louise qui s'apprête à sortir pour rejoindre les autres. Ma décision est prise. Je l'appelle :

— Louise! J'ai quelque chose de très important à te dire.

○

Assise près du foyer, je fixe l'horloge. Ça fait dix minutes que Louise est partie dans la tempête. Dix minutes seulement, mais moi, ça me paraît une éternité. Marie-Soleil vient me demander si je veux jouer au Docterat avec un groupe. Non, je n'en ai vraiment pas le goût. Je compte les secondes avec la trotteuse.

○

Mon Dieu que c'est long d'attendre. Ça fait presque une heure maintenant qu'ils sont partis à la recherche de Zoé. Le pire dans tout ça, c'est de me sentir inutile. Je voudrais être là, dans le sentier. Trouver Zoé et la ramener. Mais on me l'a interdit. Je dois attendre au salon, avec les autres élèves. C'est pénible.

J'entends la porte ouvrir. Enfin! Je cours au sous-sol. Martin entre derrière Louise. Il porte Zoé dans ses bras. Je m'arrête au pied de l'escalier. Louise me voit et me sourit:

— Grâce à tes indications, on l'a retrouvée tout de suite ton amie. Tu sais, elle a eu plus peur que mal. Elle s'est foulé une cheville en tombant.

Ouf! je suis soulagée. On assoit Zoé sur un banc. On la déchausse, on la réchauffe, on la frictionne. Je m'approche et je lui demande si elle veut un bon chocolat chaud. Elle lève la tête. Son visage est calme, mais changé. Elle a l'air plus vieille que ce matin.

— Oui. Merci, Frédérique. Merci pour tout.

Je me sens toute drôle. Je ne la vois plus comme une ennemie. Ni comme une amie. On dirait que moi aussi j'ai changé.

Rendue en haut, je suis bombardée de questions:

— L'as-tu vue?

— Comment va-t-elle?

— Est-elle malade?

Alors, je raconte. Jacques Crépeault m'apporte la tasse de chocolat. Et je redescends.

○

Plus tard dans la soirée, on se déguise. Les moniteurs ont apporté au salon cinq immenses boites pleines de vieux vêtements. Les garçons et les filles se métamorphosent en ballerine, en fantôme, en pirate, en princesse indienne. Une tempête de rires accueille chaque déguisement. J'ai déniché une baguette magique, une robe longue en satin, un châle en tulle. Je deviens la Fée des Étoiles. Je jette des sorts aux mauvais génies; je réalise les rêves des bonnes gens. Nicolas se transforme en Viking héroïque. Il m'invite à visiter son royaume nordique. Je change notre chalet en palais somptueux. C'est soir de bal — de bal masqué. Tous les personnages fabuleux sont de la fête, au Pays des neiges éternelles...

Hélène nous ramène à la réalité. C'est l'heure d'aller se coucher.

— Allons, allons, il faut tout ranger dans les boîtes.

On continue à rire, à s'amuser. Ensuite on monte à nos chambres. Je jette un coup d'œil par la fenêtre. La tempête s'est apaisée. Je songe à Zoé Lanvin, clouée au lit depuis le début de la soirée. La classe-neige est bien finie pour elle! Ses parents viendront la chercher demain matin. C'est étrange, je trouve que c'est dommage pour elle. Injuste surtout.

Le sommeil m'arrache à ma rêverie. Je me glisse dans mon sac de couchage. Je souhaite bonne nuit à Marie-Soleil. Elle dort déjà.

○

Les vacances s'achèvent. Mercredi on a fait du ski alpin. Hier: patinage, glissade. On a façonné un bonhomme de neige gigantesque. Ce vendredi matin nous nous sommes promenés en traîneau. Quel plaisir! La campagne est magnifique. Je suis gavée d'air pur. Remplie d'énergie. Entre la promenade et le dîner, on a bouclé nos valises. L'équipage attend joyeusement l'autobus.

J'ai adoré ma semaine. J'ai appris à connaître les filles de mon groupe, des filles formidables. Louise aussi est super. Je la reverrai peut-être l'année prochaine. Et puis Hélène, ma prof, a été gentille. L'autre soir, elle m'a dit :

— Frédérique, tu as posé un geste responsable envers Zoé. Je suis très fière de toi. Tu as un grand cœur.

Ça m'a touchée. Ça fait du bien de se faire féliciter, des fois.

Accompagnée de Marie-Soleil et de Marianne, je sors mes bagages sur la grande place.

— Hé ! Frédérique !

C'est Nicolas. Je laisse les copines et je cours le rejoindre.

— Allô !

Ses yeux sont tout brillants. Il tape dans ses mains et sautille sur place.

— Je ne voulais pas t'en parler pendant nos vacances, mais...

— Mais quoi ?

— Bien... dimanche dernier, mes parents m'ont annoncé qu'on va déménager... Loin. Mon père a décroché un contrat à Québec.

Je n'en crois pas mes oreilles. Mais qu'est-ce que je vais devenir? Il ajoute:

— C'est dommage, parce qu'on était amis tous les deux. Puis, il y a le concours...

Je regarde par terre. À travers mes larmes, je vois le bout de ma botte qui frappe la neige.

— Mais d'un autre côté, ça m'excite de déménager. Vivre à Québec, c'est emballant, non?

— Ouais, c'est une façon de voir les choses.

Mais là, moi, j'ai de la peine. Nicolas se tait pendant que je me mouche. Puis, il s'approche et me touche le bras:

— Ne pleure pas... On va s'écrire souvent, très souvent. Je te raconterai tout ce qui m'arrive là-bas.

— Ce n'est pas pareil...

— On part pour deux ans.

Il serre mon bras plus fort. Je le regarde, attentivement. Je prends en détail le bleu de

ses yeux, son beau nez droit, les coins rele-
vés de sa bouche, sa fossette au milieu du
menton. Je fixe son portrait une dernière fois
dans ma mémoire.

Quand je suis certaine de ne jamais oublier
son visage, je lui souris. Il grimace aussi un
sourire et fait un petit clin d'œil. L'autobus
arrive.

— On va s'écrire?

— Promis-juré.

Ça me console. Je commence même à avoir
hâte de lui écrire; et de lire ses lettres. Ça va
être différent de mon journal.

Pour ce qui est du concours oratoire, ça,
c'est autre chose.

10
Un beau cadeau

En rentrant à la maison, mon père était très content de me voir. Il m'a serrée contre lui comme quand j'étais petite. Des becs, des compliments pour «mes belles couleurs», des questions sur ma semaine. La joie de nous retrouver était assez... bruyante!

Ensuite on est passés à table pour souper. Je n'ai presque pas mangé. Je parlais sans cesse. J'ai tout raconté en détail : le chalet, les groupes, les jeux, l'accident, et tout, et tout, et tout. Sauf le déménagement de Nicolas. Je n'avais vraiment pas le goût d'en parler. Ça aurait gâché ma joie.

Après, il a fallu ranger mes affaires. Maman m'a donné un bon coup de main. Ou c'est moi qui lui en ai donné un, je ne sais plus. J'ai remis à mon frère son baladeur. Il m'a dit de ne pas me gêner. Si je repars une autre fois, ça lui fera plaisir de me le prêter de nouveau. J'ai compris que ça fait du bien parfois de quitter ceux qu'on aime. Quand on se retrouve, on dirait qu'on s'aime dix fois plus qu'avant.

○

Ce matin la vie reprend son cours normal. Comme tous les samedis, je fais le ménage de ma chambre. Mon frère joue au hockey. Papa met en place les pièces du jeu d'échecs et maman dresse la liste d'épicerie. Chez Nicolas, on est sans doute en train de tout mettre dans des boîtes, pour le déménagement. Zoé Lanvin, elle, soigne sa foulure.

Avec tous ces événements, moi, je me sens inquiète. Et qu'arrivera-t-il avec le fameux concours ? Il faudra que je trouve un nouveau partenaire. J'en parlerai lundi à mon professeur. Hélène va m'aider, c'est sûr.

Je m'installe au salon pour jouer aux échecs, mais le cœur n'y est pas. Papa me demande ce qui ne va pas. Et j'éclate. Et je raconte le départ de Nicolas. Et mon pincement en dedans. Et je pleure. Et papa va me chercher des papiers-mouchoirs. Et il me dit que je vis une peine d'amour. Mais moi, je trouve ça stupide...

— Mais non, Frédérique. Tu aimes Nicolas. Il s'en va. Et tu as de la peine. Une peine d'amour.

— Si c'est ça l'amour, ça fait mal.

— Quand ça brise, c'est sûr que ça fait mal. Et plus on aime fort, plus ça fait mal. Mais ça guérit, comme une plaie qui cicatrise. Ça prend du temps.

— Je n'guérirai jamais!

Papa passe son bras autour de mes épaules. Je lui demande s'il a déjà eu une peine d'amour.

— Oh! oui. Puis, longtemps après, j'ai rencontré ta mère. On s'est aimés. Puis tu es née... Tu vois, je me trouve chanceux d'avoir eu une peine d'amour. Grâce à elle, tu es là maintenant dans ma vie.

Cher papa, il fait de son mieux pour me consoler. Je laisse tomber ma tête près de son cœur. Je ferme les yeux et je vois en détail le beau visage de Nicolas.

○

Le téléphone sonne. Je cours répondre. C'est Mme Lanvin. Elle demande à parler à ma mère. Qu'est-ce qu'elle lui veut encore? J'essaie de comprendre par les réponses de maman. Mais je ne saurai rien! Elle répond par des «oui», des «sans doute», des «certainement». Elle raccroche enfin.

— Qu'est-ce qu'elle t'a dit?

Maman me sourit en haussant les épaules.

— Tout ce que je peux te dire, ma chouette, c'est qu'on va avoir de la visite.

Ce n'est pas drôle. Je veux savoir. Mais maman ne me dit rien. Je déteste qu'on me cache des choses.

— Voyons Frédérique, sois raisonnable! Zoé s'en vient te voir. Et elle apporte une surprise, c'est tout. Je ne veux pas gâcher l'effet. Alors, ne me pose plus de questions.

Ça, c'est clair. Enfin une réponse intelligente, quoi! Bon, j'attendrai, voilà tout.

Ouais, une surprise de Zoé Lanvin. Bizarre... Ça m'agace un peu. Et maman qui est d'accord! Mais qu'est-ce que ça peut bien être? Et puis, pourquoi elle vient me voir, la Zoé? Je la croyais au lit... Comme le temps est long quand on attend. Je ferais mieux de penser à autre chose. Tiens, je vais m'habiller et attendre dehors. J'aime marcher dans la neige.

Bientôt, la voiture des Lanvin s'arrête devant la maison. M. Lanvin aide Zoé à sortir de l'auto. Il lui passe des béquilles. Mme Lanvin porte un gros paquet dans ses bras. Tous ensemble, on rentre chez moi.

À son tour, mon père prend le mystérieux colis et va le porter au salon. Moi, je me déshabille en vitesse. Toute cette mise en scène m'intrigue beaucoup. Je vais m'asseoir en attendant les autres. Zoé marche péniblement. Elle vient s'asseoir près de moi. Sa mère s'approche et me dit:

— Je vois ton impatience dans tes yeux, Frédérique. Vite, ouvre la boîte. C'est à toi.

J'ai envie de me précipiter. Mais j'y vais lentement. J'avoue que je suis un peu intimidée. Je touche le couvercle. Ça vibre là-dedans? Vite, je l'ouvre. Mais, c'est un petit chien?

Mais non, je ne rêve pas, c'est bien un chiot. Comme il est beau. Une petite boule de neige. Ce n'est pas possible! Je le prends, je l'embrasse, je le serre sur mon cœur. Je suis émue. Je cache mon visage dans la peluche si douce. Il sent bon. Je l'embrasse encore, et encore. Je ris maintenant. Qu'il est mignon! Il me lèche la joue. Ça chatouille. Je l'adore! Mon chien, mon petit bébé-chien à moi.

— Pourquoi un si beau cadeau?

Je me suis tournée vers Zoé.

— Bien... je voulais te dire merci... de m'avoir sauvé la vie.

Je rougis un peu. C'est vrai, au fond, que j'attendais une récompense. Mais pas un cadeau si important! Je remercie tout le monde, même mes parents. Parce qu'ils ont dit oui au téléphone, tantôt. Mais maman me prévient:

— C'est toi qui seras responsable du chien. Tu le nourriras, tu lui feras sa toilette, tu le sortiras matin et soir...

— Oui, oui, je m'en occupe. C'est promis!

Pour l'instant, il faut lui trouver un petit coin, bien à lui. Vite étendre du papier journal, car ce petit chien ne porte pas de couche. Je l'installe dans la salle de bains.

Zoé vient me rejoindre dans ma chambre. Je l'aide à s'asseoir sur mon lit. Nous sommes silencieuses. Je ne sais pas quoi lui dire. Je regarde mon chien qui se promène entre la salle de bains et ma chaise. Il est comique. Il saute, il court, il glisse, il tombe. Fou fou, qu'il est. Il nous fait rire.

Zoé m'informe qu'elle n'ira pas à l'école durant une semaine. Elle me demande si je veux bien l'appeler tous les soirs, et lui dire ce qu'on a appris durant la journée. J'accepte.

Le chien mordille le bout de mes souliers. Je le prends sur mes genoux pour le flatter. Zoé se met à parler:

— Cette semaine, maman a rencontré la mère de Nicolas au magasin. Elle lui a annoncé son prochain déménagement... Qui va remplacer Nicolas pour le concours d'art oratoire?

La question de Zoé me surprend. Je la regarde. Ses yeux pétillent. Elle meurt d'envie de participer aux finales, c'est évident.

Mais moi? Est-ce que j'ai envie, moi, de faire équipe avec elle?

C'est vrai qu'elle est intelligente. Je l'ai toujours pensé. Elle est maligne, elle a la réponse facile. C'est justement son esprit vif qui m'a toujours fait peur. Que j'ai haï.

Mais, si on travaillait ensemble...

Si, d'ennemies jurées, on devenait alliées...

On gagnerait le concours, c'est certain...

Et ce serait la paix entre nous...

Je soulève la petite boule de neige vivante. Je colle ma joue dans sa fourrure et je dis à Zoé:

— Je vais t'appeler lundi soir, à sept heures. Je te dirai ce que j'ai décidé.

Mais, je dois l'avouer, mon idée est déjà faite. Et je me sens bien. Comme le jour de mon anniversaire, quand j'ai gagné aux échecs.

Table des matières

Composition et mise en pages:
LES ATELIERS CHIORA INC.
Montréal